화花조鳥★반란

북줄 시선 04

화花조鳥★반란

펴 낸 날	초판 1쇄 2020년 10월 8일

지 은 이	이인해
사 진	정지원
펴 낸 곳	투데이북스
펴 낸 이	이시우
교정 · 교열	김지연
편집 디자인	박정호
출판등록	2011년 3월 17일 제307-2013-64 호
주 소	서울특별시 성북구 아리랑로 19길 86, 상가동 104호
대표전화	070-7136-5700 팩스 02) 6937-1860
홈페이지	http://www.todaybooks.co.kr
페이스북	http://www.facebook.com/todaybooks
전자우편	ec114@hanmail.net

ISBN 978-89-98192-92-1 03810

이 도서의 국립중앙도서관 출판예정도서목록(CIP)은 서지정보유통지원시스템
홈페이지(http://seoji.nl.go.kr)와 국가자료종합목록시스템(http://www.nl.go.
kr/kolisnet)에서 이용하실 수 있습니다.(CIP제어번호: CIP2020037389)

화花조鳥★반란

글 이인해 · 사진 정지원

투데이북스
TodayBooks

시인의 말

연인을 만나도
함께 꽃을 보러 가지만
홀몸 외로워도 꽃 보며 견딘다.

꽃은 평범한 풀로 자라
신화처럼 꽃송이를 피워 내고
다시 저버린다.

새 또한 꽃 옆에서
한 생애를 살며 교감한다.
그 극적 생리가
미적 높이를 더욱 극대화한다.

꽃 사진 찍으러 높은 산
질척한 갯벌을 헤매는
정지원 작가 그의 작품에
어설픈 시조를 붙여 본다.

큰 낭패가 아니길 바라며~

2020년 10월 추석에
이인해

차례

제1부

제2부

제 3 부

제 4 부

제1부

동백

붉구나 참 빨갛다
네게 준 나의 마음

그 겨울 내 몸 데워
너 함께 불꽃 되니

뚝 뚝 뚝 지는 날에도
후회할 일 없구나

개망초

저절로 칠월 오고
따라서 너도 지천

보아도 안본 듯이
안 봐도 본 것같이

가난한 백성들처럼
흰옷으로 사느니

진달래

두견새 울어 샌 밤
먼동 터 밝아오면

친정 쪽 바위고개
오르던 분홍치마

지금은 더 아득해라
내 어머니 꽃시절

큰구슬붕이

진달래 떠난 날에
보랏빛 맑은 종아

사월도 참 길어서
아득히 걷다 보면

먼 하늘 몸 푸는 들녘
촛불 켜는 네 영혼

수리부엉이

부리는 창과 같고
두 눈은 명경이다

큰 날개 휘저어서
밤숲을 통치하는

네 이름 빌리저깃드
어둠 안고 떠돈다

털중나리

너처럼 붉은 사랑
누구나 하고 싶지

푸르른 유월 산하
그 속에 한 하루를

접어서 네 마음대로
불태우고 있구나

나도수정초

꽃이냐 버섯이냐
외계인 닮아버린

그래도 솟아올라
꽃이라 자랑하니

암술 속 푸른 눈동자
묘한 이쁨 갸우뚱

새며느리밥풀꽃

강원도 깊은 산골
피어난 홍자색 꽃

시어미 매질 따라
눈물의 하루하루

짙어진 꽃잎 자락에
흐느끼는 가을 날

꾀꼬리

녹음 속 너의 노래
찬란한 빛살 되어

지루한 하루하루
일깨워 희한하다

하늘에 꽃구름 불러
청정해진 산마을

무궁화

우리들 흰 옷자락
다 삼아 밝혀주다

피는 듯 떨어지며
지듯이 피어서는

민족혼 백두 영봉을
피로 씻는 꽃날들

후투티

통나무 구멍 속에
아늑한 집을 짓고

꽃모자 얹은머리
오디 연 뽕나무에

내려서 확 깃을 치니
오월이 찬란하다

수선화

겨울이 떠나가고
고결한 네가 온다

드높은 자존심에
참 맑은 눈물 쌓아

향기로 젖는 사월이
모든 가슴 적신다

황새

저녁놀 하늘가에
무위의 선을 긋고

고향도 타향이고
타향도 도루고향

내일로 또 그 훗날도
희로애락 휘젓고

호박꽃

시골집 마당가에
튼실한 넝쿨 따라

줄줄이 피어나는
노오란 얼굴들아

바보라 더 이쁜 것을
그 후에야 알다니

논병아리

갓 나도 병아리고
다 커도 병아리니

네 생애 죄 없구나
약빠른 낚시 도사

너희는 어부 중 어부
떼져 사는 공화국

산자고

가랑잎 헤집어 핀
봄바람 하얀 별꽃

며느리 등창 고친
전설의 산하 위에

주름진 자애로움이
펼쳐지는 한나절

백로

하얗게 날으다가
노송에 앉아보면

눈 감은 세월 넘어
잊혀진 꿈 조각이

낮달로 곁을 내주곤
없는 듯이 피느니

물양지

습습한 골짜기에
샛노란 얼굴이여

오래된 사랑 얘기
널 보면 떠올라서

여름날 산중 한나절
접힌 삶을 펴보다

제2부

가창오리 군무

수십만 가창오리
날은다 삽교천에

저녁놀 붉은 하늘
뒤덮는 신비 무대

저러니 셔터 수백 개
여기저기 터지지

단정학

눈 덮인 논배미에
하강한 두루미야

한 백 년 더 산다는
기다란 네 목숨이

붉어진 그 꽃관 위에
정갈하고 찬란해

홍련

고독한 밤을 저며
솟구친 꽃대 위에

엮어낸 깊은 말이
푸르게 붉어지니

네게 온 저 님들 앞에
여름문을 열어라

코스모스

상대리 십 리 길을
줄 서서 손 흔드는

가을날 아가씨들
분홍색 그 미소가

올해도 여전하구나
나 혼자서 걷는데

말똥가리

남의 것 강탈하는
잔인한 네 안광이

조그만 생쥐 향해
총알로 낙하하며

푸휴휴 포효 지르는
서슬 푸른 삶이여

장미

다시 온 오월 하늘
그대의 울타리에

몬로여 마리아여
그 얼굴 피어나네

하트 색 파노라마여
떨려오는 아바타

· 고마리

고향집 개울마다
가을물 맑게 하는

풍성한 뿌리 위에
연지 바른 흰 얼굴

넌 그냥 친한 친구지
푸른 잎은 방패고

참수리

질척한 갯벌 천변
갈댓잎 소리치면

벼뤄낸 네 부리가
사나운 눈초리가

드높이 창공을 올라
내려 꽂는 헌팅 쑈

메꽃

우리 집 화단가에
끼어든 메꽃 줄기

울타리 넘어가서
한 식구 되고 싶어

딴따라 꽃 나팔 불어
여름 아침 깨우네

능소화

기다림 넝쿨 뻗어
치켜든 주홍 얼굴

님이야 오든 말든
달빛에 밤새우니

저토록 빛 내린 정이
날로 날로 깊어라

딱새

해 저녁 울타리에
꼬리를 딸싹딸싹

사는 거 심심찮다
새침한 색동옷이

그 작은 삶을 감싸는
사시사철 텃새라

범부채

수목원 문밖 길에
너 홀로 깃을 세워

범 무늬 부채 하나
펼치곤 또 피워서

무료한 여름 한 철을
지워 지워 사는가

도라지

가신 후 어느 산녘
널 꺾어 상에 놓니

화반에 그 엷은 빛
젊을 적 내 어머니

새벽달 바라보듯이
애달프고 시리다

가마우지

타고난 어부구나
저 먹고 사람 먹고

제 농토 드넓으니
근면이 생활 수단

넉넉한 그 몸집 하나
탱크처럼 미덥다

접시꽃

당신은 달이 되고
이 몸은 접시 되고

남모를 묵은 정을
펼치고 담아보며

한여름 토담 허리에
까치발로 서리라

금꿩의다리

드높은 선자령에
한여름 바람 불어

한길 그 큰 키에
연분홍 매단 꽃잎

구름도 처연한 빛에
칠월 한 날 흐르네

물총새

피라미 바라보면
탄환이 되는 녀석

흙 언덕 구멍 뚫고
집 지어 사는구나

새파란 네 옷자락이
떠 받쳐든 긴 부리

더덕

톡 쏘는 향기 따라
풀숲을 가다 보니

작고도 파란 종이
말 없는 종을 치네

희안타 너도 꽃인가
돌아서서 웃는다

제3부

유홍초

먼바다 건너와서
자리 튼 넝쿨식물

이파리 둥글다가
꽃송이 따라 둥글

그 붉은 마음 하나면
기리 기리 섬기리

황여새

분홍 깃 밤색 댕기
눈선은 검은 색깔

백 마리 넘게 넘게
무리 져 살아가며

다툰 적 한 번도 없는
너희들이 진짜 새

용담

그 오랜 기다림이
가을에 배를 대면

그제야 꽃을 열어
그리움 전하느니

다시 올 훗날의 모습
미리 보여 주는 듯

제비동자

어디서 날아왔니
하늘이 그립잖니

귀요미 제비꼬리
찬연한 칠월 한날

시원히 부는 바람에
가벼워진 꽃잎들

방울새

나주고 가려무나
너가진 예쁜 방울

춤추다 가벼워진
네 몸은 얇고 깊어

저녁녘 하늘 한자락
흔들어서 붉구나

산부추

기다란 꽃대 위에
불꽃을 터트리니

달고도 매운 뿌리
파묻어 살찌우는

홍자색 꽃봉오리에
늦었구나 가을이

꼬리조팝

붉거나 하얗거나
사랑은 은밀하다

네 꽃말 예쁘구나
못 잊는 지난 일아

솜사탕 흔드는 바람
못 견디게 그리워

뿔논병아리

하구다 저수지다
너 사는 너른 물이

비 오든 바람 불든
뒷머리 뿔 얹어서

해 뜨면 일떠서 날고
날아가선 내리고

직박구리

공원뜰 산사열매
빠알간 한나절에

시장끼 메워보려
날아와 즐기다가

찌르륵 제 하늘 바라
노래찾아 날으니

쑥부쟁이

기우는 계절 머리
작은 몸 곧추세워

헤아린 한해 한날
절절히 숨길 트니

얼굴도 엷게 자줏빛
뒷말 없는 깊은 정

잔대

자세히 바라보면
꽃들은 다 이쁜데

네 뿌리 취하느라
네 꽃은 소홀했네

이제야 속죄하느니
새하얀 종 울려라

백일홍

할머니 그 옛날에
추녀 끝 매단 꽃씨

조그만 화단 위에
젤 먼저 심어놨지

백날을 피고 지다가
붉은 채로 누운 꽃

저어새

널따란 주걱 부리
물속에 휘저으며

살아온 한바다가
발목에 출렁이면

오호라 저 먼 수평선
눈물 어린 향수네

만삼

이웃을 감고 올라
매다는 초롱초롱

깊은 골 가을인가
네 자랑 빛나구나

면면한 그 질긴 삶을
숨겨 사는 참 예쁨

구기자

긴가지 타고 가다
피워 논 자주색 꽃

만나긴 힘들어도
가을엔 열매 맺어

아가씨 검은 얼굴을
희게 희게 하느니

딱따구리

부리로 나무 뚫는
딱 딱 딱 그 소리가

온 산골 울려 퍼져
뭣인고 놀라놀라

아무리 아니라 해도
딱따구리 새다 새

메밀꽃

그 달밤 안개길에
뿌려진 소금처럼

물방아 돌던 시절
어쩌다 맺은 사랑

꽃으로 지천을 깔고
워낭소린 뎅그렁

꽃향유

자줏빛 붓끝에서
자주색 냄새난다

한 달여 불꽃 타는
진진한 그 향기여

무어라 부르지 않고
다시 보고 또 보고

제4부

금눈쇠올빼미

젤 작은 올빼미야
황금빛 너의 두 눈

어둠을 찍어 먹고
먼 나라 꿈에 젖는

나그네 숨겨진 마음
그 누구도 모르지

박주가리

꿈속에 본 별이네
성탄절 떠올리는

털 나고 빛도 고운
추억 속 어린 날들

만지다 열매 터져선
창공 높이 날으네

물매화

새 이름 새 꽃잎이
꽃술을 붉혔구나

구월 대덕사에
네 한 몸 홀로 서서

한 많은 세상 이랑을
희게 희게 적시니

물닭

뭍으로 올라오면
물닭이 아니니까

들어가 물 헤집고
물닭이 되었구나

생긴 거 닭일 뿐이니
물닭인들 어떠리

고니

긴 목을 앞세우고
떠나는 먼 여행길

허공에 소리 무리
밤하늘 별에 젖고

물 찾아 떠도는 삶이
흰 달빛에 차갑다

모싯대

한시절 기다려서
보라색 꿈을 여는

네 깊은 이야기여
말 없는 종소리여

발소리 가만가만히
들어주는 네 정담

구절초

물길에 숭어처럼
저 하늘 헤엄치며

그 누구 그리워서
달빛에 빛낸 얼굴

희구나 그래서 더욱
간절하다 가을밤

삼잎국화

어려선 너를 꺾어
계집애 건네줬지

큰 키에 쓰러지면
새끼줄 매어주고

노오란 그 속마음에
여름날이 환했지

송이풀꽃

높은 산 구름 아래
귀한 옷 입은 아씨

아랫말 총각 올날
기다린 그리움이

이 가을 구름길처럼
멀리멀리 흐르네

참새

볏논에 집동 위에
누우런 그 깃털로

사시를 텃새 되어
친하게 살다 보니

쌀밥에 보리쌀처럼
어울림도 깊어라

감국

봄여름 다 떠나고
가을도 떠나는 날

시련을 진정하듯
결과는 노오란 것

우리집 조경석 사이
너 혼자서 그러니

까실쑥부쟁이

가을 산 비탈길을
밟고 간 고운 누나

별 같은 순정이여
끝없는 슬픔이여

저녁녘 산제비 노래
가슴마다 흐르네

원앙

저처럼 살고파서
수놓아 베고 자는

금침 베갯머리
물소리 살랑살랑

하루가 통통해지네
깔고 앉은 물방석

풍선덩굴

당신과 날아가자
매어 단 풍선 두 개

아무도 흉내 못 낼
네 재능 예쁘구나

가을이 잘도 여무는
동화 같은 나날들

닻꽃

깊어진 푸름 속에
내려진 닻 몇 개가

달밤에 빛을 받아
정지한 휴식이여

오래된 적막강산에
은별같이 빛나다

혹부리오리

빠알간 부리 위에
혹부리 얹은 채로

해변을 날아가는
목마른 사랑 무리

살아서 못 이룬 얘기
석양 하늘 가득 타

호반새

내던진 홍당무 색
네 운명 달진 않다

가재를 나꿔채선
나무에 지쩌죽여

먹어야 이뤄지는 삶
나무 뚫어 집 짓고

해바라기

우뚝한 멍청인데
든든한 병정인데

해따라 돌아가는
그리움 애절 애절

한되박 씨앗 챙기는
응숭 깊은 그 속내